世紀悲歌

The Elegies of a Century

〔日本〕多喜百合子（Taki Yuriko）◎著

李魁賢（Lee Kuei-shien）◎譯

拚命吧！
至死方休！
最終
過勞而死
全國寧為玉碎。

據說「日本人是勤勞民族」
盡量努力吧
到輕易賠掉自己生命為止。

前言

多喜百合子

　　2021年初，很高興接到台灣著名詩人李魁賢博士電子郵件：「I got an idea to translate one volume of your poems into Mandarin this year and to publish it in Taiwan thereafter. I don't know whether you are interesting this idea or not. If it is affirmative, please give me a word file including your poems to be translated. It had better in English and Japanese bilingual.」

　　早在2013年，我有10首詩，包括描寫福島事故的詩作，就被李魁賢博士翻譯成華語，收入《世界女詩人選集》（秀威2013），其中一首〈假使〉還發表在台灣大報《自由時報》上。從2011年3月11日發生福島

事故起兩年間，當事國日本在政府主導下，試圖把災害損失看得微乎其微，反而在台灣有20萬人舉行反核示威遊行。

另外在2015年，詩〈福島的希望〉（福島核電廠災變第4年）也被譯成中文，刊載於台南福爾摩莎國際詩歌節大會詩選集《鳳凰花開時》。

此次，除上述11首詩外，另傳送16首詩和3篇短論給他。

台灣是世界模範國家，在武漢肺炎全世界擴大傳染的苦難中，政府正確又科學的初期對策奏效，全民過著正常生活。即使有關核電，也已經從日本事故中學到經驗，掌握正確方向。

拙詩蒙代表台灣的詩人李魁賢博士，親手翻譯成

台灣使用語言，有幸能獲得理智的台灣方家閱讀，喜悅莫此為甚。

　　謹向李魁賢博士致上衷心謝忱。

目次

卡提雅的問題
カーチャの問い

即使只能再活一秒鐘

也不想全部忘掉

所以才來日本

該怎麼辦呢

心想日本人應該有答案

卡提雅是一歲時在車諾比

受到核爆的女孩

卡提雅自從嬰兒時起

喝紅酒

喝伏特加

像服藥

像灌腸

要洗除放射性毒素

在車諾比

村莊裡的人

從早上就開始喝酒

若核電廠停掉

在零下40度的嚴冬

大家都會凍死

所以要喝酒

今天也要啟動核電廠

沒有替代核電廠的電力

蟲不見了

鳥不見了

一半人口在五年內死亡

然後孩子也開始死亡

卡提雅在核電廠工作的父親也死了

每天喝很多酒

快樂過日子

就這樣突然死了

不斷給卡提雅拍背的母親也死了

卡提雅常常弄不清楚原因

不，雖然知道原因

不知道如何處理

發高燒又疲倦

間歇

越來越短

但是卡提雅

全部記得很清楚

有一張照片

大河流水

事件前

村莊滿眼翠綠

照片裡

卡提雅已故的哥哥

與母親手牽手

卡提雅如今16歲

她說

趕快趕快

即使是日本人

還不知道該如何處理

即使是日本人

還有許多人會死亡

受到核爆的二代和三代也死了

她繼續喝酒

像在灌腸

為溫暖身體

為溫暖心情

她說

即使死了也不想失去記憶

時時刻刻，人人

全部

都要記住

她今天

還在問我

即使死了也不想忘記的目標

該怎麼辦呢

春天已逝
Spring Has Gone

（福島核電廠災變後即刻）

發生災變前一年，1985年春天拍的照片
卡提雅的父親、母親、哥哥，笑得很開心。
大河兩岸羅列剛發芽的樹木。

由於無法忘掉一切
為了長活下去，一秒也不捨。

所以來到日本
想聽聽日本人給她答案
到底應該怎麼辦？

卡提雅是在車諾比核災時[*]
遭受到輻射感染的一歲嬰兒

我初次見到卡提雅時
她16歲，對我說：
趕快！趕快！

卡提雅常常會
發高燒、疲倦
間隔愈來愈縮短。

2011年3月11日
福島核電廠四部機組有三部熔毀。

盛開的櫻花，一陣風，統統散落。

廣島、大阪、卡提雅的車諾比、福島
從此每天有多少人死亡。
第二代、第三代也死了。
都是同樣原因。

* 蘇聯時代的烏克蘭車諾比核電廠災變發生在1986年4月26日。

核電與人類
原発と人間

福島四部核能發電機組

競相狂噴毒氣，熱中於肆虐。

澆水退燒產生污染水

強烈輻射線當關

使澆水徒勞

若放手則更不可收拾。

災變造成輻射線大增，超過極限

暴露的作業人員搭車撤離

放下車窗布帘遮蔽媒體照相。

電視新聞只報導

A氏40年代男性、B氏30年代男性

從暴露量超出國定限度之日起
人名和臉孔都隱匿不報。
人的工作
只憑暴露於輻射線劑量單位
做為評價標準
這樣令人心寒的世界。

達到限定量的核電廠作業人員
立刻解僱，視為無用之物
等於廢紙箱。
就像用過一次就需丟棄的
輻射線防護衣一樣。

即使在安全運轉的核電廠

檢驗人員也不免暴露於少量累積。

核電不能忽視

從原料鈾的採礦開始

一直

總有人繼續處於暴露狀態。

核電不能幫助人類

反而造成輻射線毒害。

假使
もしも—

假使我知道明天會死
現在要做什麼？

明知廣島、長崎事件的日本人
還會縱容允許核電
是深中金錢的毒。
到貧窮地區
去撒錢。
沒有那些錢
似乎就無法過日子。
在金錢涮涮鍋當中
窄小國土建立54座核電廠
日本隱藏核子嚇阻力量。

靜悄悄。什麼都看不見、聞不到。

秋高氣爽。

災變後立即

發動巡迴安全宣傳活動。

　　逃　　不逃

　　吃　　不吃

　　洗衣物外曬　　不曬

　　面罩戴　　不戴

時時刻刻被迫做判斷。

別笨啦！

被政府拋棄啦。

暴露於輻射線啦。

我們變成實驗白老鼠。

地球上何處有

殘殺自己同族的生物？

唯人類而已。

是核能完啦？還是人類？
ゼロになるのは核ですか
それとも人間ですか？

（福島核電廠災變後六個月）

福島小學生和中學生都在問
——我能活到幾歲？
——我能長大成人嗎？
——我長大後，能生正常的小孩嗎？
——發電給東京人用，為何福島小孩要遭殃？

通告發到學校教導「核電又安全又清潔！」
如今學童要直接質問教育部官員。
答覆是一再重複「會盡力而為」。

11歲男孩嗆聲說：

——答非所問！

——怎麼大人都不聽聽我們的聲音？

抱著嬰兒的年輕母親

問醫師：

——這孩子壽命會比我長嗎？

老年人自殺了。

長期擠沙丁魚睡在避難所體育館地板

身體挺不下去了。

遺書說寧願避難到墓地去。

3月11日福島核災已過六個月還不知如何收拾。

甚至四部機組繼續在不知何時會到達臨界的不安
　　定狀態。

卸下面具暴露核電毒性的真面目

輻射線繼續吐向空中、大地、海洋。

為了不使災情廣傳

東京電力公司放下遮眼窗簾。

福島孩童說：

——要說是「死城」

　　我們還要在此活下去。

——不要求神

停止核電，是始作俑者的人類責任

終止世界上核電，是你們大人的任務。

福島孩童質問：

——繼續暴露的世界，還有希望嗎？

——是核能完啦？還是人類？

現在連幼稚園生

都知道輻射線這種難懂的話。

「不想死呀！告別輻射線！」

冬柿
冬の柿

（福島核電廠災變後10個月）

日本農宅庭院必定植有柿樹

即使不加修剪

入秋，滿枝掛著

彩霞般熟透的果實

日本典型的風景。

農忙中抽空採收柿子

懸在簷前曬成柿乾

是漫長冬季裡自製的甜食。

秋末
柿樹褪盡全身葉子
光禿禿的黑枝
進入冬眠。

今冬變樣了
強制撤離的災區
柿子未採，留在枝頭。

像大朵盛開的花
在杳無人跡，雪白的銀色世界
燦爛輝煌。

這些熟透的柿子
標明日本政府在地圖上劃出
看不見的輻射線污染境域。

為了活下去　給我們正確的資訊吧
「生きるため」に　正確な情報を

（福島核電廠災變後1年）

我接到癌症報告

詳載檢查結果。

我和其他醫院的醫師和藥劑師

討論診察照片和數值。

為了活下去

自己選擇治療方式。

我接受手術

有許多副作用的抗癌劑治療

輻射線治療

面對未來的挑戰。

在福島

為了「免引起不必要的恐懼」

隱瞞『真實危險』『潛在危險』。

當時若是立即宣布

　　爆炸釋出的輻射線隨風向落塵處

　　迅速用碘劑供孩童服用

孩童現在也不會那麼害怕吧。

年初孩童個個合掌祈禱

　　今年一年希望能活下去

　　今天一天希望免於恐懼。

福島核災經過一年

仍然無法終止輻射線外洩。

迄今還有處變不驚的大人

大言「福島已安全，大可放心」

「福島縣內大部分輻射線劑量

　　已降到比歐洲大半主要城市低」

「幸而沒有因核災直接肇禍死亡者」*

因暴露於輻射線引起甲狀腺癌

在四年後才會顯現

其他癌症要等10年、20年才發作。

從編列預算

透示各國施政方針。

日本今年核電推廣預算

與去年大略相同。

是核能大國美國五倍多，超過法國七倍

晉階到世界第一。

有人說是隱藏軍事用途。

如果，當時醫師

　　不告知罹癌，為免引起不必要的恐懼

　　也不告訴我病名

　　不讓我知道檢查結果的數值

　　繼續說安啦、安啦

我就放心不管，一定不會活到現在

頂多倖存一年半載到兩年。

他們對我說明後續的危機

為減少危機的發生

自己應採取許多預防措施

全部知識灌輸給我

如今撿回一條命

恢復工作，衷心感戴。

當前，首要的任務是

讓福島的孩童長大成人，無一折壽！

就要

把輻射線擴散狀況

食品等所含放輻線數值等等

正確公開，毫不隱瞞

以減少自身、家庭的

暴露總劑量

活下去。

聲稱福島安啦的大人們

聽聽孩童要「活下去」的聲音吧！

福島已沒有孩童會說將來要「成名」

要「成為富翁」，只想「活下去」！

* 摘自福島縣立醫大醫學院長大戶齊（Dr. Hitoshi Oto）在2012年1月26日
　朝日新聞科學欄所載。

福島正在熔化中
フクシマは現在メルトアウト進行中

2011年3月11日

潘多拉盒子打開！

福島事故後2年5個月

「很抱歉

每天有1000噸地下水

流入原子爐廠房

那是輻射性污染水

一半抽上來儲存在陸地儲槽內

剩餘一半排放海裡。」[1]

東京電力公司這樣漠然宣讀

好像是別人的事。

---

[1] 流入海洋的污染水表面輻射劑量為830 msv／h，此為大多數人10小時內的致死劑量。

照理說

熔化的核燃料積在原子爐底部。

若衝破原子爐

會洩漏到安全壁外面。

安全壁有洞孔供熔化物流通。

至少有兩個洞孔。

地下水進口孔

和污染水出口孔。

把核燃料與地下水相混

放流到海上

真的是

最壞的「熔化物排放」吧？

東京電力公司巧妙刪除關鍵詞。[2]

人類從未經歷

只在電影裡看過。

為什麼不承認

最壞的緊急情況？

政府宣稱大約40年後要關廠。

可是還有一個條件

希望10年內找出開發問題所在

2　2013年8月20日，已發現總共300噸高濃度核污染水，從陸上1000個儲槽之一漏出。僅此一項就相當於國際原子能機構（IAEA）的3級嚴重事故（2011年3月11日當天為7級）。之後，又漸漸逐一發現從其他儲槽漏出污染水。《東京新聞》2013年8月22日社論以〈福島處於日日累積嚴重事故的狀態〉加以報導。

完成在高輻射劑量爐內
能夠代替人工的活動機器人。

問題「所在」是什麼？
為什麼不明說是熔化核燃料
洩漏問題的「漏洞」。

真是受不了。
日本丟臉
向全世界技師科學家發SOS吧！

如今，每天有3000多名臨時工
在高輻射劑量原子爐廠房內

急忙奔走還要全力跑回來。

包括工作時間在內，限制5分鐘。

總輻射劑量一達到100 msv

立刻撤職，換新人。

再說

在原子爐廠房已無屋頂的現狀

輻射線直接排放到空氣中。

這已經司空見慣

不是新聞。

經過兩年，變成人手不足

動員到易受輻射影響的

20歲代年輕人

遭受輻射。暫時

只是為防止再度爆炸

應付緊急處理。

日本政府所謂「重啟核電廠的新安全標準」。

重啟？不敢聽啦！

福島的希望
フクシマの希望

（福島核電廠災變第4年）

說是給予希望

有時是殘酷的話。

事實上無法恢復災前的狀況。

以今日技術根本無法阻止

福島繼續釋出輻射能。

在強輻射線環境裡

天天要繼續預防暴露在超量危險作業。

每天需要動員七千人力。

隨著時間過去

悲情並不有所稍減。

輻射能日日越過國界

只是眼不見而已。

輻射能四年來經過海陸空不斷釋出。

國外良心科學家或核能技術專家開始作證

「累積總量超過車諾比，歷史上最嚴重。」

「福島外海引起九級地震發生15公尺海嘯

不亞於超音速進行衝擊。世界上迄今還

找不到可以挺得住如此衝擊的核電廠。」

事實擺明，損害逐年、逐一世代增加。

人人都會說

「別忘記福島事件」。

可是福島受害者只能無奈說

「請別棄我們生死不顧！」

千代老師遺言
千代さんの遺言

一再說

「死也要去，單獨也要去」。

千代老師是沖繩琉球大學研究員

研究室搬遷。

簡直像

自己的孩子

福島劫後餘生。⸺

「不會立刻有影響，這種話加上

政府還在繼續含混說明

簡直無法活下去。」

事故發生前

這裡禁止進入

是高輻射量地區。

而國家還在

更高輻射量地區

建造避難用的臨時住宅。

研究題目是

〈核電事故後對蝴蝶的影響〉

藉此探求遺傳

食物攝取造成內部輻射

和繼續生活造成低輻射量的生態。

所選擇研究對象是

一年傳六代的大、小灰蝶。

涵蓋日本全國。

棲息在離地面約30公分。

活動範圍也狹窄。

這蝴蝶四分之一壽命在幼蟲時代

食物只有

素食酢漿草。

首先必須現地採集

外部受到輻射的大、小灰蝶

和飼養用的新鮮酢漿草。

事故發生後兩個月，研究室開始搬遷[1]。

到高輻射量的地方

---

[1] 五年後，車諾比核電事故後輻射對生物基因影響，終於開始進行研究。當初受
到輻射嚴重影響的人物，很可能都已經死亡。因此，千代老師的研究，可以說
是世界上最早的珍貴成績。千代老師去世後，其他研究團隊致力於分析受到輻
射的大、小灰蝶遺傳信息基因組。

不能帶年輕研究員去[2]

56歲的千代老師自己去。

每10天定期從沖繩到福島。

住在東京的丈夫在羽田機場與她會合

擔任志工同行。

每次在受污染地區停留大約3天。

有許多蝴蝶在慢吞吞飛舞。

後來才知道好像在廣島、長崎常見到

罹患原爆懶洋洋病症[3]

☆

---

[2]　據說，人越年輕，受到輻射的影響越大。又已知，女性比男性大。
[3]　原爆懶洋洋病症，顯示體力和抵抗力薄弱，容易疲倦，身體懶洋洋等等症狀，
　　以致動作無力，無法正常工作，在廣島和長崎的原爆倖存者當中，出現很多這
　　種人。

在受污染地區倖存的蝴蝶幼蟲

算是第一代。

幼蟲呈現生長遲緩

與地面輻射量成比例。

即使蛻化

會有羽毛和觸角分叉等等

形態異常和矮化現象。

如果繼續保持在污染地區相同條件飼養

形態異常也會遺傳給第二代後裔。

存活率降到20％以下。

第5代和第7代的數據

變得最差。

對沖繩的大、小灰蝶
藉人工施以福島同樣輻射
也繼續給予福島酢漿草
結果相同。

然而
即使在福島受到外部輻射的大、小灰蝶
把飼養場地搬遷到沖繩
再改飼以
未受輻射污染的
沖繩酢漿草
第二代存活率

從污染地區20％以下

提升到超過70％。

形態異常也消失啦。

☆

將近花甲（60歲）

千代老師已加入研究團隊。

在觀眾面前發表時

口氣很沒把握。

老是呃呃呃。

研究室負責人
大瀧教授撰寫的論文方面
專家都始終易懂。

但是，關於結論
千代老師清楚明白：
「發現蝴蝶異常的地方
請趕快跑開。」
「被輻射污染的食物
請不要吃。」
即使從現在開始
生命受輻射的危機也可以大為減少。

2015年10月28日，千代老師去世。

琉球大學名譽教授矢ヶ崎克馬在千代老師遺體
　　前說：

「野原千代老師像彗星般出現，

在短短四年半時間獲得偉大成就。」

千代老師

連自己的身體

說不定也用來證明

福島釋放出來的輻射性恐怖。

保護生命

重要信息被隱藏。

「人與蝴蝶不同」
「我還不知道受到輻射對人類造成的損害，
因此沒有驚慌」

基於種種理由
日本大多數學者或媒體
都閉口配合。
連國立琉球大學大瀧研究室
預算都被刪掉啦。

附註：以下是千代老師的丈夫野原順治的話（原文照錄）。

野原順治自2011至2014年協助研究。2020年7月因心臟病驟逝，享年73歲。

「本論文證明食物內部受到輻射及其對後代的影響，藉選擇食物可以在某種程度避免內部受到輻射，就隱蔽點在縣內最大避難場所郡山、本宮等高劑量區域，與其他地區進行比較。對長期盤住在該城市臨時住宅中的政府部門來說，表示強烈不滿。

我也在整地中的該城市監測站附近採食用植物，但是年劑量比國家標準高出很多倍，在此工作2~3小時就會頭疼。我胡亂聽信住在該地區的人已經習慣，而且輻射污染已告清除，都在過正常生活。附帶提一下，在日本每年1～5毫西弗是準備恢復住家地區，其劑量在烏克蘭為遷散地區。

在日本，超過5毫西弗的地方，在被認為是周圍輻射污染已清除場所設置的監視柱，會發布所指示低劑量，或是同一監視點內複數監視柱所指示最低劑量，視為準備恢復住家地區。

從政府行政人員觀點，反正自家或親戚不居住在那裡，沒什麼關係。這是不負責任的態度，很煩。」

核電悲歌
原発哀歌

茨城縣東海第二核電廠[1]運轉到明年就40年

通常已達到除役年份。

但是，卻計劃要再延長操作時間20年。

沒有發生事故才是奇蹟。

我居住在茨城縣

是原子能之地

日本第一座原子爐在此點燃。

自1950年代以來，繼續吸引媒體

迄今仍然擔當核能研究最前鋒。

以日本目前技術水準，如此破爛核電廠

還認為可以運轉嗎？

---

[1] 東海第二核電廠在2011年3月11日，推測受到5.7公尺海嘯衝擊，由於有6.1公尺防波堤，倖免災難。因地震而自動停廠後，迄今未復工。

拚命吧！

至死方休！

最終

過勞而死

全國寧為玉碎。

據說「日本人是勤勞民族」

盡量努力吧

到輕易賠掉自己生命為止。

再者，日本領袖

無法停下來。

無法修正路線。

無法回頭。

國民好像要貫徹初衷

努力到死為止。

以此視為美德。

東海第二核電廠就是那種象徵。

原子能管制委員會指出該公司

沒有修理故障的

預算。

何況即使發生事故

也沒有賠償受害者的

預算。

30公里之內有30萬人口的城市。

道路太窄,又沒有疏散計畫。

即使要啟動

好像就要面臨向銀行借貸巨額維修費用。

據說東京電力公司

對發生福島事故要負連帶保證。

甚至流傳惡意笑話，因為推動核電是國家政策呀。

作為國家政策，一旦決定，一旦開始

到死為止

即使涉及周圍環境

也要貫徹到底。

自然界沒有劇毒鈽

而且處理困難

那是啟動鈾型核電所產生

再用作核燃料，會增加更多鈽。

全世界已經放棄使用人命代價

原本為取替石油燃料

也可以轉用於製造核武器

繼續研究核燃料循環

是國家政策。

上次戰爭不知退場

只會大喊全國寧為玉碎

現在完全一樣。

拙於辭令又與敵國談判能力極差。

從失敗中反省

連世界都珍惜

稱讚「放棄戰爭」[2]

是日本現在憲法所達成。

然而迄今已過70年

政府嘗試再度改變

成為允許戰爭的憲法。

恢復世界通行的憲法。

日本領袖無法設想預防或輸掉這場戰爭。

一旦引發，就無法停止。

2　日本憲法第9條規定：「1.日本國民衷心謀求基於正義與秩序的國際和平，永遠放棄以國權發動的戰爭、武力威脅或武力行使作為解決國際爭端的手段。2.為達到前項目的，不保持陸海空軍及其他戰爭力量，不承認國家的交戰權。」

「無論付出如何犧牲也必須繼續保持精神價值」
所以日本人根本不適合戰爭。
至少要停止現行憲法
今後也不會殺死其他國家或本國人民。
希望不參加任何國家的戰爭。
因為日本人在這72年間從未發動戰爭。

當然，核電廠一個都不要。
況且，作為「精神價值」的
日本首座沸水式東海第二核電廠還要繼續運轉
怎麼說都理屈行不通。
福島事故迄今已過七年。
輻射線還無法抑止。

當天晚上

也提出「核能緊急宣言」

現在繼續緊張狀態中，無法解除。

出賣靈魂的科學家
魂を売った科学者たち

2011年3月11日晚上，滿天星斗。

前所未見的美麗星辰掉下來啦。

人人焦慮恐懼

自從下午2點46分發生大地震

一直手足無措，在寒中呆立。

世界上燈光熄滅了。

那晚，一大片天空都是星、星、星。

奇妙的是，很多人

抬頭仰望天空

又怕又冷，不斷顫抖

此情此景，美麗天空怎麼回事。

禁不住流淚。

靜下心來。

非常美麗狀況

已拋諸腦後。

群星數量不尋常。

天空即使明亮，如果關掉電燈

還會看得這麼清晰嗎？

從幾億光年遠方傳來的無數星光

在兩三千年人類文明史中

最後短短幾十年

我們一下子失掉星空。

☆

本來相信

所謂科學家

是傳達真實的人

不會說假話。

並非保證安全又言過其實的人。

明知科技的局限性

應告知若超出此範圍，會發生慘事

才是誠實的人。

福島縣附近當地

三天後，電路接通啦。

打開電視，突然播放核電廠事故影像。

核電廠斷掉全部電源。

3月17日，為防止繼續爆炸

堂堂出動自衛隊直升機一架

被攝影機拍到。

在蒸氣瀰漫的核電廠上空來回盤旋。

繩索末端繫一桶水

終於飛到核電廠上空。

直升機小又不可靠

彷彿是蜻蜓之類在跳動。

瞬間，大家都感覺到不妙。

並排建造的四座反應爐有三座相繼爆炸。

包含未爆炸的一座，共三座熔毀。

很久以後，此事實也被揭曉。

核電廠若一旦開始失控

是人類無法應付之事

迄今，無人告知。

事故已經過八年。

依然不清楚

核電廠內部熔毀的核燃料

到底發生什麼事。

似乎不會再爆炸

目前，只是繼續大量灌水

加以冷卻而已。

政府在剛發生事故不久時承諾

「輻射污染都要淨化，恢復正常。」

但是，已知

技術上不可能達成。

就把事故發生前的輻射安全值1 msv ／年

提高到20msv ／年[1]。

---

[1] 在車諾比核電廠事故中，每年5msv以上的地區永久封鎖，並採取完全遷移疏散政策。蘇聯政府還提供住宅、職業、年金、健康檢查等保險。儘管如此，仍然發生健康損害。日本政府卻反而立即將安全標準提高到20msv。附帶一提，根據美國核材料服務局（NIRS）和1985年諾貝爾和平獎得主履行社會責任的國際防止核戰爭醫生組織（PSR）的說法，日本政府所稱每年20 msv相當於一年照胸部X光1000次。

由於在安全範圍內，就敦促疏散難民返鄉。
因為御用科學家保證安全。

徒具形式的污染淨化[2]，輻射所污染土壤
光只福島縣就達到1400萬立方公尺。
輻射污染淨化土壤無處堆放，與其他土壤混合
以事故核電廠冷卻用所積留輻射污染水，加以稀釋
認為濃度降低就沒有問題。

5000貝克／公斤以下土壤當做農業用地（目前在
　　試驗階段）。

2　徒具形式的污染淨化，只在人群聚集和耕作農地，將表土剷除。

若在8000貝克／公斤以下，也可以做為建築填土。[3]

稀釋過的輻射性三重氫污染水，可以傾注入海。[4]

御用科學家提出這樣似是而非的建議。

以往公害，「問題不在濃度，是絕對數量」[5]

已經實際證明的事，被漠視。

八年來大量排放輻射污染水入海

世界雖大，卻是前所未見。

---

[3] 2011年3月11日之前，日本輻射污染土壤再利用上限為100貝克／公斤。如今，政府計劃從災區開始進行農地使用實驗，充填最高可達5000貝克／公斤的污染土，上面覆蓋約50公分的普通土壤。但是，在美國，5000貝克／公斤以上土壤就要移送到特殊設施，深埋地底下。否則，大量輻射物質會在空中，擴散到廣大範圍。

[4] 三重氫（氚）污染水，是輻射物，雖然在國外，也當作淨化處理後的核電污染水，排放入海，但比福島預定量（1,028,446噸）少很多。

[5] 參見名古屋大學名譽教授池內了著《核電廠事故隨行記》（原発事故との伴走の記），而立書房2019年出版。

☆

到最後
御用醫界學者也出來講話
「不必擔心輻射線。
只要在100 msv ／年以下，就沒有問題。」

終究，缺乏核電廠30公里以內初步遭到輻射紀錄
以為全部人口都疏散完畢。
實際上，還留下很多人，包含兒童在內。
即使有人因輻射傷害死亡
確實證據數值卻不清楚。
國家和東京電力公司都確定迴避責任之道。

☆

2011年3月11日起，日本所有核電廠都停工。

儘管如此，電量並沒有問題。

可是，政府已經往再啟動方向推進。

依照2019年聯合國全球暖化對策

日本預備宣布推動核電廠[6]。

其他電力公司已開始宣稱：「與福島不同」。

福島事故是受到意外海嘯襲擊

水淹沒緊急發電機所致。

今後只要把緊急電源設在高處，就沒有問題。

---

[6]　日本擁有47噸鈈，可以轉用於製造核武器，由核電廠運轉消耗掉。

遇到如此重大地震，原因也只是在海嘯。

以目前知識

直到最近也是預料不到會發生9級地震。

可是竟然說「萬一再度發生巨大地震

在預兆階段可以搬走核燃料，所以安啦。」

凡是科學家都知道

要從運轉中的核電廠安全取出核燃料

必須先在水池內冷卻多年。

但是，御用科學家卻緘默以對。

在核能緊急狀態宣言尚無法解除階段

政府計劃同時進行

福島核電廠退役,和疏散難民回歸。

回歸目的地是迄今輻射污染程度仍高的廣闊地區。

而且,還包括距離核電廠僅幾公里的區域。

像是兼做人體實驗

這恐怕是世界首見計畫。

到2020年東京奧運會和殘障奧運會

輻射污染淨化土、污染水和受到輻射量

都經過混合、稀釋、隱瞞

強制認定安全而歸返原地

讓外國人眼不見為淨。

首相公然向世界宣告。

「福島輻射已在控制下」

因為要招徠奧運會

要高舉「福島重建」旗幟招徠奧運會。

御用科學家、技術人員、部分醫界學者都在唱和。

　　　☆

那天，在寂靜中，夜空無際，滿天星斗。

全然是千載難逢的重建機會。

可是，又在首相主導下

發自少數正牌科學家和技術人員的警告

被淹沒啦。

只有威脅性負面遺產才累積給後代。

參考資料

　　2015年，日本政府向世貿組織（WTO）投訴，謂韓國明知日本政府規定安全標準，在福島事故發生後，卻限制日本水產品進口，實屬不當。初審接受日本主張。以此為例證，預備對接續有同樣進口限制的美國，及其他俄羅斯、中國、台灣等進行談判，以解除進口限制。但是，韓國立即提出上訴，2019年4月，WTO終審推翻初審判決，認可韓國的進口限制，理由是「遵重各國視情況訂定輻射安全標準」。

　　目前，各國對日本農產品和水產品進口限制對象的縣份如下：

　　韓國（僅水產品），有青森、岩手、宮城、福島、茨城、栃木、群馬、葉等8個縣；美國（農產品和水產品）除上述8個縣外，以野生動物肉或食用野生植物蘑菇為主，還包括山形、新潟、埼玉、山梨、長野和靜岡諸縣產品；中國再加限制來自東京的產品。

　　作者居住的茨城縣，也是限制對象的地區。

忘記大爆炸危險
忘れられた　大爆発の危険

――東海後處理廠

直線距離東京120公里

日本最先點燃核能火力的地方：

日本茨城縣東海村。

自1963年以來，就擔任領先核能研究。

東海第二核電廠最先

在30公里範圍內具有18個核能相關設備。

在日本絕對排名第一。

但是

都已老舊，卻未發生事故，也算奇蹟。

國營東海後處理廠是其中之一。

後處理廠是鈽提煉設備。

在美國屬於製造原子彈原料的設施。

在日本

鈽的和平用途

是核電廠核燃料回收的藉口。

此類核燃料回收技術尚未開發完成。

在外國大多數已經停止作業。

連續失敗，導致日本最早設備決定廢除。

但是

高濃度輻射性廢液還遺留在東海後處理廠。

那是瞬間可殺死數十億人口的廢液。

鈽提煉後

大量硝酸溶液成為廢液，棄置不顧。

設備決定廢除時

卻沒有新安全措施的預算。

因為是液體

只要液槽有裂縫，就會漏出。

由於是超高輻射性廢液，會持續發熱

必須不斷加以冷卻。

如果停止冷卻，會引起氫爆[1]。

要持續輸送冷卻水，不可缺電。

地震、海嘯造成斷電，或是

---

[1] 若冷卻裝置或除氫裝置停止，最短15小時到最長55小時，就會沸騰，然後最短7小時到最長38小時，會發生氫爆。

魚鷹式傾斜旋翼機墜落造成破裂

會發生比福島

更大災難。

話說，當風速每秒5公尺從東京向西吹

在最壞情況下

一直延伸至距滋賀和京都約600公里地方

半數人口會死亡[2]。

把鈈泡在硝酸內是大錯特錯。

會產生高劑量廢液，人一接近，20秒內即死。

---

[2]　高木仁三郎博士假設挪威政府在英國的後處理設備發生爆炸，模擬德國政府同樣在前東德地區後處理設備發生爆炸情形，按照日本狀況，計算輻射線擴散方法算出的結果。

青森縣六所村想設法加以轉變成固體。

但是，行不通。

不能公然製造核子武器

所以假藉和平用途

進行後處理等等

根本錯誤。

確實不應該這樣做。

後處理廠比核電廠廢除時

更需要龐大且長期麻煩的善後處理。

福島事件已經十年

洩漏輻射線尚未終止。

當晚發出的

「核能緊急狀態通告」迄今未能解除。

關於東海後處理廠的可怕廢液

也似乎完全被遺忘。

據說選擇在此後處理廠附近

要再啟動遠比福島

更老舊的核電廠[3]。

如此更易重新啟動福島事件後已經關閉的其他核
　　電廠。

---

[3] 東海第二核電廠，位在東海後處理廠以南不到3公里處。如果東海第二核電廠
　重新啟動，發生事故時，燃火自然會波及後處理廠，預料會造成大災難。

連帶確保核彈材料。

對外國藉口說是有益於減碳。

全世界都在共同艱苦對抗新冠病毒當中

日本政府還相信核嚇阻力量之類的落伍神話。

在推動支援各地區

目前已停工核電廠重新啟動，作為國家政策。

唯一受到原爆災害的國家

竟然不簽署「禁止核武條約」。

藉口說後處理廠已用過，棄置不管

如今，暴露在爆炸危險中。

附註：

* 後處理廠：是將核電廠原子爐用過核燃料，從中提煉可用鈾和鈽的設
　備。這是在核燃料循環中，將使用過的燃料再利用政策中的關鍵設施。

* 利用提煉鈽製造核武器：通常，由低濃縮鈾製成的核燃料，在核能原
　子爐「燃燒」時，鈾238會吸收中子，產生鈽。由於後處理是要提煉鈽，
　所以擁有使用過的核燃料和後處理廠，即表示可取得核武器原料鈽。

神奇孤松
奇跡の一本松

因海嘯

到處被鹽籠罩的土地

即使到翌年夏天，還幾乎不長草。

然而，在未受到沖刷的地方

有許多松樹防潮林

僅剩一棵松樹。

不知道是誰命名的

大家稱呼「神奇孤松」。

在海嘯沖刷地區處處有奇特沙丘散佈。

6歲女兒

瞬間被海浪吞沒

年輕母親在此守候。

母親迄今感受到女兒體溫，

還有女兒手臂的粗細。

也感覺到，牽的手天天在加大。

可是，現在不見啦。

不確定「不見啦」。

每天來

好像要在沙丘找到屍體

由於沒找到

今天也可以放心回家啦。

---

* 附註：2011年3月11日日本東北大地震，屍體確認者約15,000位，尚有約2,900人失踪。

逝世的兒童——遙寄廣島
死んだ子ども
——ヒロシマにむけて

蝙蝠振翅的聲音

媽媽

那是我的敲門聲嗎

天空出現了大窟窿

媽媽

那是我身體飄散時

雲受到灼傷的疤痕吧

天皇陛下的祈福聲

那是

我的鬧鐘

絕對不讓我睡覺的

吵鬧聲

媽媽

妹妹們在我頭上

遊戲

我眼裡

有一株草

就要長出來啦

我的眼睛

早已喀喀枯乾了

媽媽

我，再也
不哭啦

8500位基督
8500人のキリスト

話說，原子彈投在基督徒聚居的長崎浦上地區

是因為原初計劃預定地小倉天氣陰暗

在此之前，蘇聯宣佈要參戰

大家都以此為藉口

說原子彈是天譴

死亡者是罪人

當時日本人都這樣想

350年當中

350年當中，殉教的血流淌

基督教信徒是罪人

始終為非國民

直到1945年8月15日

天皇是日本唯一的神

二戰中持續為「世界和平」祈禱的基督徒是罪人

拒絕應召入伍的基督徒為非國民

浦上天主堂是日本唯一聖地

東方最好的天主堂

可容納6000人同時禱告

正當6000人在為和平禱告時

原子彈投擲下來

法國神父時代所設計

比利時神父時代所完成

動員8500位信徒費20年時間的

「天使之鐘」成為原子彈目標
由基督教國家的美國出手

因為附近沒有更高的建築物
這是藉口
死亡者是獲選的罪人

☆

1945年8月9日上午11:02
強光一閃，如此而已
就像10個太陽那樣燦爛
沒有聲音

天主堂上空冒升大塊白煙

瞬間膨脹

白煙下方發生強風海嘯

聲勢洶洶捲來

丘陵上房屋、山野樹木，全部像骨牌倒塌

強風海嘯襲擊到面前山岡

衝到這邊山上

風的滾輪強壓地面滾滾而來

匍匐在地的人就這樣被輕飄飄吹走

重重撞到5公尺外旱田石牆

眼見未倒的樹木從視線高度喀嚓喀嚓折斷

樹木啦、草啦、葉啦，一掃而空

聞到冷冰冰的松脂味道

（秒速2000公尺的風壓，高溫9000℃）

白天竟昏昏暗暗

氣溫突然下降

下午4點

劈哩啪啦下起豪雨

指頭大小的黑雨匯集處

沾染重油之類的顏色

減少空氣中氧氣產生二氧化碳

以致呼吸顯著困難

每個人都像狗氣喘吁吁

半夜

突然起火的天主堂殘骸冒焰

劃下休止符

第二天，8月10日

浦上盆地，天氣晴朗

烏雲向東飄逝，烈日當空

浦上民眾熱灰燙腳

陽光和灰燼夾擊的浦上盆地像陷在火爐中

昨天躲過火焰的人頓坐下來

斷氣，成為永息之地

格魯曼來啦，洛克希德來啦

這些飛機都低空飛行

在浦上盆地盤旋，人和地面一清二楚
大型B29飛機掠過天主堂遺址

☆

經過16年，天主堂重建
從灰燼中挖出天使之鐘

如今在浦上，大家匍匐原子灰塵
為8500位基督祈禱

為人類贖罪
為被煉獄之火瞬間焚身的8500位基督祈禱

為炸毀的馬利亞祈禱

也為「讓浦上成為世界上最後原子爆炸場地」

永遠祈禱

附註

* 在長崎原子彈爆炸中心地點的浦上，大部分死亡或因屍體熔化無法確認者，都列為失蹤人口。截至1945年11月30日，死亡73,884位，其中在一兩天內死者17,358位，大部分是浦上地區人民。受傷74,909位，不包含在其後死亡人數內。
* 文獻部分，採用醫師永井博士的資料。當時，他在距中心700公尺的長崎醫大附屬醫院遭到輻射，1951年5月死於原爆症。1945年的調查不包括他的死亡。

照片
写真

　　母親去世時，我對奔跑過來的救護人員
　　拜託請告知到底怎麼回事
　　「遺族聽了會難過」
　　就這樣回絕。

　　我想拍攝母親遺體照片時
　　「對死者無禮」
　　親戚強烈反對，因而放棄。

　　告別式時，女眷都
　　千篇一律報告說是安詳死亡
　　美麗花朵環繞，沒有留下任何證據
　　就火化啦。

☆

廣島和長崎

沒有人人皮膚燒捲的照片。

沒有熔掉半邊臉的照片。

沒有到處屍體堆積如山的照片。

也沒有

那些可能幾小時後會死的人

雖然遭受輻射還勉強活著的人

以及天天火化的照片。

全部燒成灰

一概不留。

是怕讓孩子看到慘狀

難受呀

當時，燒死的20萬人當中的孩子

難道不會說

「真想看看我變成什麼怪樣子。想看看怎麼回
　　事。」

原爆60週年儀式

好聽的話一大堆，像希望和平啦，死者呀安息喲。

大概是默默的虔誠心願吧。

像在母親告別式那樣。

幸運
幸せ

在奧斯維辛

關進集中營的人

還算幸運呢

雖然名字取消啦

變成號碼

倖存一兩個月後

算進死亡人數當中

納粹軍醫向右揮手

指往焚屍爐方向

老人、病患、孩童

稍微體弱者一律向右走

「好好休息！沖沖澡！」
以溫柔體貼的聲音
引導走向毒氣室

集中營人滿為患時
「到那邊室內休息吧！」
還是溫柔的話
指向毒氣室

☆

原子彈投下後
屍體尚存的亡靈
算是幸運啦

形體化為烏有的人
到如今
還不能計算到
死亡人數內

全家、全村
消失無蹤時
還有誰能去搜尋

或大或小
Big or Small

在奧斯維辛毒氣室

說寬，算寬

說狹，算狹

在僅此空間內

殺死250萬人以上

每天1000人的進度

從1941年7月到1945年

被前蘇聯軍隊解放為止

至於廣島和長崎

說大，算大

說小，算小

在亞洲角落的

日本小小島國

地方城市的廣島和長崎

1945年8月6日，瞬間死亡12萬人以上

1945年8月9日，瞬間死亡7萬5千人以上

火葬場
火葬場

東京的火葬場

到處都設在三層建築物內。

焚化爐從早到晚每天焚燒100具屍體。

像搬運東西那樣完全熟練工作。

瞬間化成的白骨在撿骨時

親戚眼中淚已乾。

突然想到

奧斯維辛毒氣室被害者移送到屍體焚化爐之事。

可用的東西都剝掉後全裸屍體轟然燃燒聲音。

編成號碼的人一旦死亡。

燒成白骨隨即丟棄。

聽到

東西從金屬容器中倒掉的沙沙聲響。

將死者快速變成物的過程奇妙相符。

然而，卻似是而非。

前者是死後焚化的人類骨頭。

後者是活生生被殺死的人類白骨。

宛如華沙
ワルシャワのように

冰融化了

維斯瓦河*岸邊

出現鳥跡

這是華沙之春

我見過一張

1945年華沙市街的照片

只有單一灰色

倒塌的建築和人都蒙上灰塵

單一灰色

陳屍的街頭

人和馬都蒙著灰塵單一灰色

活人死人也是單一灰色

如今看到的華沙

回溯灰色時代以前的歲月

紅磚牆壁斑駁

裂痕

也

完全是毀於戰火前的

華沙模樣

循毀滅前的地圖沿路走

有麵包店

有花店

很像當初，當初的原樣

不見了的是

1944年8月1日抗暴殉難的人民

從下水道露臉

就被槍殺的年輕人

株連的死難者，為數15萬到20萬

縱然如此

倖存下來的人

堅持

要把街道

毀損的街道

完全按照原貌重建

靠著大家的記憶

燃起信念

要精準到建築細部

連油漆斑剝樣子

磚脫落樣子

讓為爭取自由勝利而喪命的人民

不會遺忘

翻新的建築

卻是

全然恢復舊觀的市街

被指定為世界遺產

看到30年前的喀布爾照片

在翠綠濃蔭下

有美輪美奐的王宮

在公園，噴泉噴出彩虹

圖書館藏書豐富

耕地迎接豐收秋季

如今的喀布爾

單一灰色

滿街瓦礫

變成世界最窮國之一

如同1945年的華沙

重建吧

恢復往日的繁榮

絲路貿易重鎮

重建吧

把世界遺產層級的建築

處處可見佛像的市街

恢復30年前的喀布爾

當時的風光

強國逐一入侵

投下炸彈，不是糧食

推銷武器，不是醫藥品

唆使阿富汗人彼此戰爭

使全國一片荒蕪

熄滅一切希望

展現不屈服的志氣

想想30年前的喀布爾

追蹤一點一滴的記憶

重建，像華沙

再度成為繁華城

我們對於

他們重建的努力

那種信念

樂於看到喀布爾

被指定為世界遺產

那麼

世界各國人

都會造訪阿富汗吧

如今宛如華沙

宛如爭取自由勝利的華沙

* 維斯瓦河是波蘭最大河流，從羅馬尼亞北部的喀爾巴阡山脈，經克拉
  科和華沙，流入波羅的海，全長1087公里。

不是報復
報復ではなく

911對美國同步恐怖攻擊後

倖存的家庭都不希望

有報復的舉動。

不是報復，是和解

不是國家對國家

是希望人類彼此理解與和平。

廣島、長崎原爆受災的人

66年間一次都沒說過報復的話。

說是「自己倖存，心生慚愧

想到瞬間消失的眾人

橫七豎八死去，真難受」

幾乎陷入沈默無語。

最近好不容易

開始稍有話講，不外

「這種恐怖經驗，但願我是最後。

地球上不要再有同樣的受難者。」

那一天

熱到太陽的10倍。

爆炸每平方公尺35噸的壓力

把兒童拋向天空

掉到地上，摔得粉碎。

離爆炸地三公里處

臉熔掉了

頭髮落光了。

行人

不分男女

皮膚像女用長手套

垂落下來。

馬蹄達達

揚聲奔馳

驟停，猝死。

酷熱難耐，躍身河裡。

陳屍水面，膨脹成筏。

想要泅到對岸的人
和屍體共沈河裡消失無蹤。

倖存者
體內感染輻射線
影響基因出現染色體異常。
骨質疏鬆了
白血球數一直怪異。
據說
每四人當中有一位
曾經想到自殺。

給倖存者光明吧！
外表不顯的罹患病人
傾聽他們的證言吧！
理解他們
只有在病歷中才看得到
實況的痛苦吧！

面臨的
不是國際間的議題
而是人類彼此間的議題。

廣島、長崎原爆受害者
懼怕結婚、生產

繼續禍延子孫

然而

所有陣亡者及其遺族

不是報復

但願人間不再發生這種慘事。

911遺族和平運動
9.11遺族たちの平和運動

2001年9月11日

世界貿易中心裡裡外外的人

誰也沒預料到這棟建築會那麼快倒塌。

緊急電梯依序下降

讓給奔上救援的消防隊員。

幾分鐘後，從摩天大樓世界貿易中心上方窗口

有許多人現身

求救。

有人在揮布。

這時，人紛紛墜落下來。

大多數張開雙手

四肢像在蛙泳，

有人夾腳、身體僵硬墜落

也有數人一起墜落

又有人像跳傘般試圖朝某方向跳落。

某些樓層有人決心跳樓

俯瞰下方地面已形成地獄。

人衝到地面時像西瓜砸得粉碎。

困在電梯內的人

只好懸在空中等死。

911已經過三天。

全世界眼光聚焦世貿中心爆炸原點。

瓦礫中說不定還埋有活人呢。

死亡約3,000人，出動營救的消防隊員也有多人
　喪生。

當天，喪家誕生人口只相當於受害者人數。

有24位日本人受害

包括搭乘被劫持飛機的乘客。

其中有一位白鳥先生喪失兒子阿敦（享年36歲）。

那兒子在貿易中心北棟第105樓工作。

高中畢業後，到美國留學，就在美國找到職業

金融行業，度著一帆風順的日子。

是在東京經營酒店的白鳥先生得意兒子。

911恐怖分子害死3000人

不能說是侵略戰爭。

算是大規模犯罪、殺人事件、恐怖攻擊。

因此，不符合國際法所認定的「自衛戰爭」。

按照慣例，這是殺人事件，所以

動用警察力量要在國際組織當中找出罪犯

循抓人、提起刑事訴訟、尋找證據途徑

是司法制度適當處罰的案例。

然而，美國政府

越過法治國家的重要基本程序

突然以戰爭手段反制。[1]

---

[1] 聯邦調查局網路首頁，把奧薩瑪・賓拉登名字列為「美國世貿中心恐怖攻擊」

未經搜查，單憑「勿忘911」

就進行報復。

驀然訴諸暴力。

結果，因恐怖犯罪行為、殺人事件

提高到國際間的

戰爭位階。

911稱為「反恐戰爭」

世界動員已脫離國際法秩序

瞬間成為歷史轉折點。

或「911恐怖事件」首謀，一切書籍都沒有記載，當時布希總統從事件發生當日
起，毫無證據就咬定賓拉登犯罪。三天後，美國政府斷然說「以賓拉登為首的
國際恐怖組織基地（Al Qaeda）的19名阿拉伯人犯下劫持四架商用飛機的罪行。

接著，2003年

美國政府從報復，邁進一步，誇口要防止戰爭。

辯稱具有正當性

要進攻伊拉克

從未殺過任何美國人的國家。

藉口擁有核子武器。

日本政府也支持美國入侵伊拉克。

根據世界衛生組織公布，2003年到2008年

伊拉克平民死亡151,000人

再到2011年為止

根據華盛頓大學艾美·哈戈皮安小組調查

累計超過40萬人

（《PLoS醫學》與《國家地理新聞》2013.10.07
　　日本版）

大為膨脹。

加上在阿富汗死亡3萬人，合計至少將近45萬人平
　　民喪生。

單單在伊拉克，美國和自願加盟國家士兵死亡就
　　將近5,000人。

喪家誕生人口只相當於死亡人數。

以防止恐怖主義名義

美國人民也加強監視耳目。

911之後僅僅45天就發布

美國愛國者法案＝恐怖活動防止法。[2]

不僅是病歷、儲蓄存款等所謂個人資訊

連通訊監聽也合法化，甚至圖書館借書紀錄都要
　　保存。

人人腦海中所想的全都是監視。

個人的人權意識受到侵犯，自身安全成為最優先

包括伊斯蘭教徒在內

受到另眼相看的趨勢增加。

---

[2]　911經過16年後，日本籌備舉辦奧運會，也以防止恐怖主義為由，制訂共謀罪
　＝《美國愛國者法案》。以防止恐怖主義為由，日本人民的人權和自由漸漸受
　限，為了政府方便，卻把社會推向被監視的狀態。

「明日和平」

是911恐怖事件中美國人死亡家屬成立的團體。

向聯合國提出控訴

「政客利用我們遺族的悲情，把軍事行動合理
　　化」。

聲明「我們至親的人當時碰巧在現場而死於911。

　　無辜的阿富汗人民被美國政府主導的空襲而

　　犧牲，情況相同。不希望世界上任何國家的

　　人民，經歷到和我們同樣的悲傷。」

以此立論援助阿富汗受害者。

　　911受害的美國人遺族

　　援助被美國政府殺害的阿富汗公民。

從阿富汗和伊拉克退伍的軍人、陣亡士兵的家
　　屬，開始行動。[3]

上述日本遺族家庭之一

白鳥先生深悲到意志消沉

「想瞭解恐怖分子肆意襲擊的全盤背景」

如此開始思索。

「讓我們去現場，與阿富汗人民直接見面打聽」

這樣想就前往阿富汗，有些人因美軍錯誤轟炸導

　　致親戚死亡

---

[3]　為號召串聯和平與正義，以防止戰爭、終結人種歧視，組織ANSWER聯盟
　　（Act Now to Stop War and End Racism的縮寫）。此項行動主要連署發起單位
　　有：「退伍軍人追求和平」（Veterans For Peace）或「伊拉克退伍軍人反戰」
　　（Iraq Veterans Against the War）等退伍軍人團體，還有「軍屬發言」（Military
　　Families Speak Out）或「榮民追求和平」（Gold Star Families for Peace）等社團。

有些兒童因子母彈而無法行走。

白鳥先生在悲傷中發現答案

「消除恐怖主義和仇恨連鎖，唯有心心交流才可
　　解除」。

恐怖事件經過10年，2011年9月，911紀念博物館
　　在世貿中心「爆炸原點」揭幕。白鳥先生也
　　以遺族身分出席揭幕式。儀式貴賓有歐巴馬
　　總統和布希前總統。

白鳥先生帶來自己製作的英文留言卡。

因為他認為「恐怖分子不會僅僅轟炸就罷手」。

板上用英文書寫

「前總統布希，我的兒子在911恐怖事件喪生。伊
　　拉克和阿富汗的兒童如今在苦難中。你的正
　　義是什麼？」

白鳥先生把亡子阿敦遺產和從911受害者基金領到
　　的補償金，用來創立阿富汗重建基金。向阿
　　富汗提供淨水器和太陽光電板，也為當地女
　　校提供設備。還確保一個2000平方公尺的場
　　地，要設立紀念公園。
在此，911受害的日本人遺族
也援助被美國政府殺害的阿富汗公民。

美國人麥可・摩爾導演電影《華氏911》中的台詞：

對大企業而言，戰爭非常可口。

武器因報銷，可以大賣

重建業務也將增加莫大利益。

而且，付款確實，反正對方是政府。

財源當然啦，畢竟是人民的納稅錢。

損壞・重作・損壞，周而復始。

如果不是核戰，也沒關係。

對大企業而言，戰爭目的永遠不會結束，

不斷，會在某地方，又引起戰爭。

大企業唯此可以賺錢，沒有白死的啦。

敘利亞出身的記者說過

911或中東問題

別轉移到宗教問題。

在那瞬間，一切都已停止。

什麼都看不到啦。

某位日本中東問題專家說

意外的是，參加IS組織的人不懂伊斯蘭教。

按照IS本身對新兵進行問卷調查結果

他們對伊斯蘭教知識很粗淺。

據推測

前此對本身生活有所不滿的人

單單吵鬧就算是犯罪

現實上加入IS恐怖組織，類似戰爭行動
假裝士兵，就可胡作非為。

無論如何，美國政府僅憑恐怖主義犯罪
就升格到戰爭
犯案的恐怖分子也成為士兵般的英雄。

來自戰場的鋼琴家
戰場から来たピアニスト

你知道

名叫亞罕・艾哈邁德的

年輕鋼琴家嗎？

在戰亂荒涼的敘利亞路上

他日復一日彈鋼琴

在瓦礫四散場地

看到他在彈

那部黑鍵缺幾個、白鍵無法完整修復

損壞嚴重的鋼琴嗎？

他不是特別優秀的鋼琴手。

不會彈莫扎特或蕭邦。

即使如此，在鋼琴周圍

經常有人聚集。

彈奏阿拉伯歌曲時

連沒有牛奶餵嬰兒的母親

餓肚子哭泣的孩子

也合拍唱出耶爾穆克地區的

歌謠。

耶爾穆克是

敘利亞的巴勒斯坦難民營所在地名。

亞罕的祖父於1948年以色列建國時

從居住的巴勒斯坦被趕走，抵達敘利亞。

亞罕在此難民營出生，長大成人。

僅僅2平方公里的空間內

有聯合國經營的學校和醫院。

父親是瞎眼的小提琴手

在當地開設製造樂器兼修理的工作坊

也讓兒子努力學習音樂。

成年後的亞罕

以鋼琴教師兼銷售樂器為業。

耶爾穆克

位於敘利亞首都大馬士革以南8公里處。

根據聯合國統計，那是敘利亞最大的

巴勒斯坦難民營，收容約15萬人。

2011年阿塞德獨裁政府

怕「阿拉伯之春」[1]氣勢蔓延到敘利亞。

剛好這時，有一位小孩塗鴉

「下回輪到你」

反應過度的阿塞德政府逮捕這孩子加以拷問。

在敘利亞引發呼籲釋放兒童的民眾運動

爆發、擴大內戰。

難民營也有

基地組織的特工混進去。

難民營本來是

---

[1] 阿拉伯之春，是2010年在突尼西亞所發動，以推翻獨裁政權為矢志的阿拉伯世界民主運動。

敘利亞政府保護巴勒斯坦難民的營地。

所以

巴勒斯坦人相信

「敘利亞政府會保護我們」。

但是，2012年12月16日

政府軍無情襲擊難民營。

遍地屍體碎肉。

成為反體制派和政府軍的激烈戰場

加上政府方面封鎖措施[2]持續一年多

難民營陷於人道主義危機中。

---

[2]　封鎖措施是一種手段，經由封鎖和攻擊，在敵對反擊能力衰弱時，容許敵對戰
　　鬥人員和對方平民，撤退到另一個地區，把撤空地區「平定」。聯合國調查委
　　員會指控，阿塞德政府將封鎖措施當作軍事戰略，使難民營中的人民餓死。

聯合國的救濟物資、糧食和水，都無法送達。

發生大量飢餓死亡。

15萬人巴勒斯坦難民

驟減到剩下

18,000人。

此項衝擊

使難民

回想到1948年，

突然被驅離家鄉巴勒斯坦的往事。

難民營可以說是故鄉的替代地。

從那時起，亞罕

開始把最心愛的鋼琴

移到路上演奏。

他所能做的事，如此而已。

難民可能做的事，如此而已。

2014年那一天他也彈鋼琴

和8位孩子一起唱歌。

突然一顆子彈射穿女孩身體

當場死亡。

亞罕大震驚

停止彈琴片刻。

他再度面對鋼琴

因為注意到

音樂可使自己和聽眾忘掉飢餓

恢復做人的臉色。

但是

伊斯蘭國[3]出動攻佔這片已荒涼土地

鋼琴瞬間就被伊斯蘭國動手燒毀。

理由是聚集男女開演唱會不好

這藉口好像真的一樣。

---

[3] 伊斯蘭國（IS），前身是基地或音譯開打（Al Qaeda）恐怖組織，全名「伊拉克和沙姆伊斯蘭國」（Islamic State of Iraq and al-Sham），另簡稱 ISIS。

☆

亞罕如今已成功逃離

敘利亞的巴勒斯坦難民營

現在成為在德國的敘利亞難民。

他自出生以來，一直是難民。

對於接納他的德國

深深感謝。

在支援者的協助下

也有機會瞭解敘利亞現況。

他以鋼琴演奏

在德國巡迴表達心聲。

到各地，會場都已準備好

他即席就調好鍵盤的精美鋼琴彈奏。

但是，難民有就業限制，始終無報酬。

他迄今為止的活動

雖榮獲2015年國際貝多芬獎[4]

但不能領獎金。

難民無權從事「有酬勞的工作」。

德國政府規定，每人每月發300歐元補助

應可好好過生活。

亞罕每場音樂會

都大獲掌聲。

---

[4] 國際貝多芬獎，是德國貝多芬學院所設，頒給為國際人權、和平、包容和消除貧困而努力的國際性獎項。

但是，他現在最苦惱的是

「自己似乎沒有什麼進步」

為此感到不安。

在敘利亞的難民營

　　聽眾只有被困在營地的鄰居。

　　他當時的目標是「希望大家不要失去理智」。

　　有懷念故鄉巴勒斯坦的悲歌

　　思念離開敘利亞的人物

　　快樂幽默的小調

　　抗議世界領導人的歌曲等各種各樣。

　　他彈奏時還讓小兒子坐在鋼琴上。

　　瞎眼的父親有時也參加演出。

來到德國以後

他的使命是向世界報導

留在敘利亞的人失去行動自由的實況。

☆

2018年4月13日

美國向敘利亞發射105枚飛彈。

川普總統發表聲明說

阿塞德政府對一般民眾，包括女童

施用化學武器。

日本政府也立即發表聲明

支持美國和聯盟的此項行動。

正好那時候，亞罕在日本。

在東京大學約250名觀眾面前

演奏鋼琴。

四天後

他因自己的強烈希望

在廣島會場彈奏遭受原爆過的鋼琴。

亞罕演奏結束時說

「別把政府和國民等同視之。

俄、美、土、沙烏地阿拉伯等和其他許多國家

連續不斷介入敘利亞

使用各式各樣武器

簡直當做武器實驗場地。

敘利亞人民沒有辦法

總是束手被殺。

敘利亞人民的願望與諸位一樣

但願有安全生活的地方，和表達意見的自由。」

巴勒斯坦和敘利亞雙重難民的亞罕

彈奏非武器的鋼琴發言

對抗世界上荒謬的一切公權力

對抗推行弱肉強食的力量

獨自

向前衝。

難民很難獲得簽證。

不過，只要有地方邀請他

他說世界上不論何處都會去。

像他父親一樣

要報導困在難民營中的大家實況

留在敘利亞的全體民眾的苦難

敘利亞內戰的悽慘

還有巴勒斯坦的現狀。

空位
空席

|

那尊雕像正式名稱是〈和平少女像〉

穩坐在約120公分高的椅子上。

旁邊另一張椅子，沒人坐。

好像在說

「坐坐看，和我同樣平視看歷史、看世間」。

二戰期間，日本帝國軍在前線設慰安所

目的要防止日本士兵在戰地強姦人民

也不讓士兵傳染性病。

被帶到那裡的少女

被騙、被逼

搭船或用卡車帶來的純潔少女

在陌生地方，一個一個關進小房間內
每天與軍人從事15分鐘到30分鐘性交易。
受到嚴格管制，以免軍事機密外洩
也根本無法逃脫。

部隊每次調動，把她們一起帶走，愈走愈遠。
有許多少女就這樣沒命
這尊雕像就是這些少女的化身。

日本打敗，戰爭結束。
這些少女有的跟日本士兵一起自殺
倖存者就白白被丟棄在戰場。
無法回歸故鄉的少女當中
有人為生存而跟當地男性結婚

也有人與日本士兵共同成為盟軍俘虜

然後遣送回到本國。

還有靠自力回到祖國的少女

無法告訴別人地獄日子是怎麼度過

一直都默默活下去。

由於是受害者

不得不，像罪人

苟且偷生。

過了50多年。

由於不甘願這樣死掉

原本少女已成老婦，發出微弱聲音。

好不容易，實況終於公開

證人慢慢逐漸增加。

當初樹立此雕像時

是以正在

等待日本政府反省、道歉和法律賠償的

韓國少女為樣貌。

所以

安置在韓國首爾的日本大使館前面。

根據少女像的創作者夫婦說明

‧未妝飾的頭髮

「不是三股辮或是雙垂辮」

凌亂散髮是因為被日本帝國軍「強行帶走的少

　　女」。

‧少女背後老媽形狀的投影

「表示到老為止一直過著無言的歲月」

．雕像胸部的白蝶

「原本少女願望能恢復名譽在新世界重生」

．棲息在少女肩上的小鳥

「倖存的受害者

與無憂無慮死亡的受害者連接的象徵」。

可是，對我而言

旁邊椅子沒人坐，少女寂寞

看來也像小鳥要依人。

．腳跟磨破的赤足

「嚴酷艱苦的生活」

．握緊雙手

「起初只是兩手相疊，但

似乎有礙雕像設置，改成握緊拳頭形狀

表示不屈服於日本政府。」

‧踮起腳跟

「不踩在地面而稍微踮起的腳跟

表示即使回到祖國還是無法定居故鄉的姿態

提出『把那些少女棄置不顧

韓國政府不負責任、韓國社會有偏見』的質疑。」

創作者夫婦對此少女像專注思考，結論是

「韓國政府和社會

對這些少女創傷遲遲不能癒合理應負有責任。」

附帶說明

因為有鑄模

「應要求，隨時翻鑄多少都可以」。

〈和平少女像〉

目前，不僅在韓國

連中國、台灣、美國、澳洲、加拿大、菲律賓、
　　德國

同樣接續在建造。

到2017年，安裝總數已超過50尊。

馬來西亞和印尼也預定要安裝。

值得注意的要點是

安裝此雕像全部有賴當地民眾參與。

諸多費用開支都是

當地民眾和人權團體所捐獻。

補充說明：

　　〈和平少女像〉創作者韓國雕塑家金運成和金曙炅夫婦，其他主要作品有：

1. 〈少女的夢〉，紀念在韓國被美軍裝甲車輾死的少女群像。
2. 〈越南聖殤像〉，越戰期間，韓國也應美國要求，派遣35萬名士兵參戰，韓軍在當地大肆屠殺約9000名越南人，包括婦幼在內，創作者追究韓國的加害責任。〈越南聖殤像〉是母親抱著被殺害嬰兒坐在地上，表現受害者的造型。

||

金福童的故事

2019年1月28日去世，享年93歲。

生前被問到今生如果重來，想要幹什麼
金婆婆只回答說
「我想當母親」。
她笑笑說「死後，希望火葬，撒成灰。
不要墳墓。也不要人守護。
在山上撒佈飛揚
願像蝴蝶去環遊世界。」

日本帝國軍慰安婦受害者金婆婆輩的願望是

日本政府要坦然承認

日本帝國軍

以欺騙或「強制執行」方式

強迫當慰安婦的事實。

不然

這些女性的名譽，到死也無法恢復。

日本政府要代表當時日本帝國軍

個別道歉，而非概括泛言。

金福童

於慶尚南道梁山出生、長大

小學四年級開始，幫助做家事。

1941年時，她15歲。

穿黃色制服不戴軍階的日本人（被認為是陸軍
　　軍人）

帶領鎮長和班長來到家裡

說道「妳只要在軍服製造廠，工作三年就好。

可是如果15歲的金福童不願意的話

家族要趕走，財產要沒收。」

因為是在工廠，不致於沒命吧

金福童就接受啦。

但是，發生令人難以置信的事。

她被帶領經由台灣，到達中國廣東的部隊。

然後

經香港、馬來西亞、蘇門答臘、印尼、爪哇、曼
　　谷、新加坡，
到達荷屬東印度群島
當時，不知道目的地，只是被卡車載來載去
被操弄作為日本帝國軍的性奴隸，直到戰爭結束。

獲釋後，終於活著回到朝鮮半島，那時是23歲。
從此，直到66歲，沒有丈夫，沒有孩子。
在釜山，經商時
一直獨自生活。
這就是金福童，在66歲時
受到其他以前慰安婦的勇敢見證所鼓舞
開始出面作證。

繼續為日本帝國軍「慰安婦」受害作證當中

金福童同時領導和平運動。

不幸卻身故

似乎象徵性奴隸制度受害者的聲音

只能匿名活下去，別無選擇。

金福童

出席聯合國和維也納世界人權大會

還有美國、日本、法國等

到世界各地巡迴。

每次談話都促請大家關心

第二次世界大戰時

日本帝國軍性奴隸問題。

最後，強烈訴求「無戰爭的世界」。

66歲金福童的行動源由
是抱著強烈心情希望不要再產生
像自己這樣在戰時的性暴力受害者。

在活動當中得知剛果和烏干達
及世界其他各地武裝衝突地區也有性暴力。

金福童強烈呼籲這個問題
要立即解決，震動國際社會。

2015年，金福童89歲時，
國際新聞工作者組織「無國界記者團體」
和法國法新社聯合評選

「爭取自由的百位英雄」

金福童入選。

金福童以外

有南非第一任黑人總統納爾遜・曼德拉

美國黑人人權運動家馬丁・路德・金等

一起獲選。

此外，金福童遺留主要事蹟如下：

・捐款

她把個人工作儲蓄存款，捐給東日本大地震受災

戶，和在日本的韓僑學校學生，約300萬日圓。

另捐給「蝴蝶基金」（2012年3月8日國際婦女節

設立，旨在援助韓國戰時遭受性侵害的婦女）約
550萬日圓。

・承諾

公開發表，等將來「日本政府」為日本帝國軍對
「強制執行」的事實道歉，而領到正式賠償時，
要將全部款項，捐給在剛果內戰中遭到性侵犯婦
女的援助活動。

・向韓國人道歉

金福童本身是戰時的性侵受害者
對越戰中被韓軍侵犯的越南婦女
衷心表示道歉。

金福童的告別式

在日本駐首爾大使館前舉行。

首先是韓國外交部長康京和

接著司法部長朴相基

韓國國會議長文喜相之外

韓國朝野政黨多數議員前往祭拜。

聯合國前祕書長潘基文也來弔唁。

第二天29日，文在寅總統來祭拜

在遺照前下跪

對金福童打破沉默勇敢作證

及其後的行動表達敬意。

幾天後，英國BBC電台

也報導金福童的人生。

III

〈和平少女像〉在世界各地博物館

展出次數愈形增加。

然而

當地的日本大使館或領事館

卻來抗議說明牌的內容[1]

再三要求拆除雕像

諷刺的是

多虧那些抗議的新聞

反而增加民眾興趣,像雨後竹筍

〈和平少女像〉在世界各地持續增加展覽。

---

[1] 見文後補充說明。

金福童已過世。

但是

〈和平少女像〉繼承她的遺志

致使在日本和德國實施過[2]

為本國軍隊而存在的制度化、正當化性奴隸

被揭發。

再者

戰後為了防止被佔領軍士兵強姦

為日本女性設置防波堤

還教導一些女性在駐軍官方慰安所

---

[2] 德國納粹軍也有類似日本帝國軍的制度，防止德軍強姦駐地女性，和防患士兵發生性病的設施。大約有500處專用慰安站，受害女性主要是從波蘭和前蘇聯的烏克蘭，強制徵召送來的少女，有3萬多名。資料來源：維基百科德語版「強迫賣春」條目（Zwangsprostitution）和2019年1月在德國國內播放的紀錄片〈把婦女當做軍隊獵物和妓女〉（Frauen als Beute-Wehrmachut und Prostitution）。

工作[3]。

不僅僅是過去

如今在戰地

經常有被士兵強暴的平民受害者

在傳布無聲之聲。

明明是受害者

卻像罪人一樣默默生活的女性歷史。

背負全部責任

作為「世界共同的戰時記憶」

以〈和平少女像〉端坐在那裡。

---

[3]　特殊慰安施設協會是第二次世界大戰後，由盟軍佔領下的日本政府所設立的慰安所。日本政府為保護一般日本婦女免受盟軍士兵強姦，招募多達55,000名妓女，卻沒有說明她們的工作內容，但由於沒有必要，短期間內即告解散。

在敘利亞和伊斯蘭國，現在進行中的徵兵
就有性奴隸存在。
還是握緊拳頭坐著
思考是否要伸出援手。

IV

請坐在〈和平少女像〉
旁邊空位。
閉眼把少女所穿韓國短上衣
換上洋裝、越南祆套、中國旗袍，
當時日本女學生制服的水手裝，
然後
換成貴國少女服

務必想像一下

這些女孩發生過什麼事

現在遭遇到什麼事。

補充說明

例1. 美國加州格倫代爾市（City of Glendale）所立少女像說明牌：

和平紀念碑

　　為紀念1932年至1945年間，被日本帝國軍運送離開韓國、中國、台灣、日本、菲律賓、泰國、越南、馬來西亞、東帝汶、印尼等地故鄉的亞洲和荷蘭（見註釋）20萬位女性，強迫充當性奴隸。奉勸日本政府承擔這些罪行的歷史責任。
　　慶祝美國眾議院2007年7月30日通過第121號決議案，格倫代爾市2012年7月30日宣布「慰安日」。
　　我們衷心希望，這種不當的侵犯人權行為，永遠不再發生。

2013年7月30日

　　註釋：前荷蘭殖民地東印度群島，即現在印尼。第二次世界大戰時，日軍1942年佔領該地區，並拘留、俘虜荷蘭人，把9萬名平民和4萬名軍人，關進收容所。有些日本軍相關人員，把拘留在收容所的荷蘭婦女和混血婦女，強制帶到慰安所，強迫在那裡為日本官兵提供性服務。

例2.德國漢堡〈和平少女像〉展覽時說明牌：

　　此〈和平少女像〉要把第二次世界大戰期間，日軍在整個亞太地區，設有所謂「慰安婦」的軍妓性奴隸制度，和被強迫徵召的數十萬少女和年輕婦女所受痛苦，留下紀錄。

　　對婦女的暴力，無時無地都在發生。所以，切莫忘記歷史事實、忽視警戒。此紀念碑透過非人性體制化戰爭罪惡犧牲者的記憶，與世界上所有性暴力受害者團結一致，呼籲要求實現和平。

　　資料取自南德意志新聞報（Süddeutsche Zeitung）和日本《週刊金曜日》。

　　針對這些說明文字，日本政府聲明如下：

1. 那不是強迫性的。
2. 20萬和數十萬的數字，與實際不符。太過誇大。
3. 這是日本和韓國之間的問題，日本在1993年，已經由當時的日本內閣官房長官河野洋平在談話中道歉；1995年成立亞洲婦女基金會，以日本一般國民募集資金為基本，加上政府撥款（以捐贈名義），對受害女性支付精神補償費，已經解決。有部份受害者也已領取。

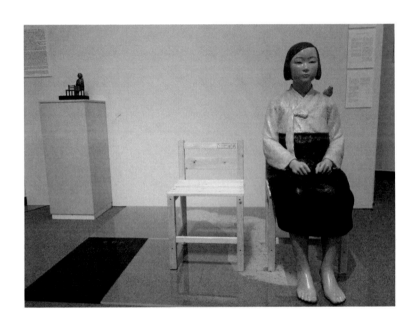

放棄戰爭69年實績
戰爭放棄　六九年の実績

百聞不如一見。

開始流傳

戰爭的醜陋

借用武器殺人

不忍目睹被剝奪的生命

一個一個死亡的慘狀。

一旦引起戰爭

家族、鄰居、善良的人

都變成魔鬼。

魔鬼幹什麼呢？

媒體透過正確報導

讓人知道戰爭的恐怖。

對方也變成魔鬼
魔鬼之間開始互相殘殺。

拿武器互相殘殺
殺傷力就大到空手的
幾倍，甚至幾千倍。
最後是核武器啦。
一旦捲入戰爭
會有比士兵更多的
平民百姓、老人、孩子
甚至剛出生的嬰兒
被殺害。

但是

那實景屍體

從未在日本媒體上刊載。

因為刺激太強烈

對被刊載的遺族難堪

對死者失禮。

當時，第二次世界大戰末期

在日本

徵兵導致缺乏男工後

以學生動員的名義

連留在後方的小學生

都分配工作。

受到轟炸，飄飄然而逝。

日本儘管是發動戰爭的國家

第二次世界大戰結束時

平均壽命下降到

男性23.9歲，女性37.5歲[1]。

然而，在戰場陣亡的日本士兵當中有60％

據說是餓死的。

舉世所知

鄰近各國有約2100萬人喪生

其中2000萬人是平民[2]。

---

[1] 根據《朝日新聞》2014年8月15日社論。
[2] 根據《維基百科》等資料，第二次世界大戰受害人數，有各種不同意見，此處
採取大多數人能夠接受的低估數字。

其後，69年之間

幸運的是日本人

沒有用武器殺死過一位外國人。

日本在新憲法裡

誓言

「日本對外將永遠放棄

使用武器從事戰爭。」[3]

經歷過嚴重受害和加害的結果

好不容易達成決心。

---

[3] 日本憲法第2章〈放棄戰爭〉第9條「日本國民衷心謀求基於正義與秩序的國際和平，永遠放棄以國權發動的戰爭、武力威脅或武力行使作為解決國際爭端的手段。為達到前項目的，不保持陸海空軍及其他戰爭力量，不承認國家的交戰權。」

雖然被人譏稱

日本人像螞蟻辛勤工作不休

但如今2014年，平均壽命

男性80歲，女性86歲，

增加一倍以上。

所謂人生

就是從嬰兒到孩子，到長大成年

到變成祖父祖母。

或許事故或疾病而無法達成

也全都是人民的權利。

不可以藉互相殘殺，例如戰爭

侵犯權利。

☆

關於戰爭受害者，如何死亡
實情毫無所悉，都不知道
無從查起。
而年輕首相
煽動危機稱其為「保護國民」
準備戰爭
日本已開始預定再度投入殺戮。
急於人為不分敵我
準備將屍體
堆積如山。
如今不用人民或國會議員同意

單憑內閣解釋

就將戰敗後宣誓放棄戰爭的憲法

摧毀殆盡。

大量慘死的現場

包括原爆鏡頭

都被隱藏。

8月15日儀式上，反省言詞不見啦。

對戰亡者遺族說

「感謝為國家

犧牲寶貴的生命」。

對民眾說「因為戰爭，沒辦法」。

結論總是

「請安息吧

期望世界和平」。

不以僅僅經濟大國為滿足

目的指向軍事強國。

為準備戰爭

日本繼續預定再度投入殺戮。

日本媒體有默契

即使遠方國度戰爭有

死者照片和影片

一律不刊載。

歷代政治家繼續巧妙利用

那種虛偽善意。

☆

如今不再

受當前政治家的騙。

國際間的承諾是

戰時互助，而不是靠安全保障條約

希望與任何國家締結友好條約。

我們是

堂堂推動

人人之間相互聯繫，超越國境。

挑明說

不管多麼辛苦

被武器殺害的人人死亡現場

不論敵我，所有照片、影片

都必須報導出來。

我們有全部報導的義務。

所有的東西，都拿出來吧。

不需要用美麗辭句包裝謊言來鎮魂

甚至也不需要盛況的戰果報告。

首先

要面對戰爭中被奪走的生命。

放棄戰爭是理所當然

從魔鬼返回人性吧。

母親悲傷　小妹悲傷
母の悲しみ　妹の悲しみ

母親只遺留給我一句話

「我的東西都交給小妹啦」

只是這樣

即使到處尋遍，也找不到

「百合子」字樣

並沒有和母親爭吵

反而

留下10冊相片簿的回憶

母親與我和外子攜手隨天鵝遊

也去過法國和美國

在法國喝過比各種葡萄酒

更有名的蘋果白蘭地CALVADOS

還租車跑去魯昂地區

又開車遊美國西海岸優勝美地國家公園

母親仰首笑看巨木

所有照片都幸福滿滿

☆

詩集出版，最先寄給母親

可是母親始終沒說什麼

母親身為軍官的女兒

終戰時，還被民眾丟石頭

我的詩否定母親生活當時的日本歷史

否定母親所摯愛祖父的歷史

☆

我結婚時，父親已經不在世間

母親什麼都沒說

在門口默默送我離家

在日本，照顧父母

大體上是男生的責任

若無男生，就輪到長女

我身為長女

說要

離家結婚時

母親

只講一句話

「不用管我」

☆

母親只遺留給我一句話

「我的東西都交給小妹啦」

只是這樣

但，有條件

小妹必須終生與母親同住，照顧她到死

到母親76歲逝世為止

小妹沒工作沒結婚，照顧母親到死

母親的葬禮，小妹都沒通知我

詩人簡介
About the Poetess

多喜百合子出生於出生於東京。現居茨城縣牛久市，離福島發生事故核電廠僅170公里。為日本現代詩人會會員，國際作家藝術家協會（總部在美國）、世界詩人會議和世界藝術學院（聯合國教科文組織贊助）永久會員，環球和平大使運動集團成員（總部在日內瓦）。獲世界藝術學院名譽文學博士、世界詩人聯合會（韓國）桂冠詩人，及其他多項國外文學獎。福島核災後，以日英雙語的日本紀錄詩集《櫻花‧櫻

花》，獲選為國際作家藝術家協會2013年最佳詩集。
平生第一本詩集1976年《我的革命廣場》，以本名滝
百合子之名，由思潮社出版。經過將近25年停筆後，
2000年恢復創作，主要以英語詩發表。出版的日文書
有：2006年與猶太人醫生厄涅斯妥・卡漢（Ernesto
Khan）合著的《大屠殺》（日本圖書中心）、2013年
《櫻花・櫻花》（SANBUN國外出版社）。

譯者簡介
About the Translator

　　李魁賢，曾任國家文化藝術基金會董事長、國立中正大學台灣文學研究所兼任教授，現任國際作家藝術家協會理事、世界詩人運動組織（Movimiento Poetas del Mundo）副會長、福爾摩莎國際詩歌節策畫。獲巫永福評論獎、韓國亞洲詩人貢獻獎、榮後台灣詩獎、賴和文學獎、行政院文化獎、印度麥氏學會（Michael Madhusudan Academy）詩人獎、台灣新文學貢獻獎、吳三連獎文藝獎、真理大學台灣文學牛津

獎、蒙古建國八百週年成吉思汗金牌、孟加拉卡塔克文學獎（Kathak Literary Award）、馬其頓奈姆‧弗拉謝里（Naim Frashëri）文學獎、秘魯特里爾塞金獎和金幟獎、台灣國家文藝獎、印度首席傑出詩獎、蒙特內哥羅（黑山）共和國文學翻譯協會文學翻譯獎、塞爾維亞「神草」（Raskovnik）文學藝術協會國際卓越詩藝一級騎士獎等。出版有《李魁賢詩集》6冊、《李魁賢文集》10冊、《李魁賢譯詩集》8冊、《歐洲經典詩選》25冊、《名流詩叢》46冊、回憶錄《人生拼圖》和《我的新世紀詩路》，及其他共二百餘本。

語言文學類　PG2700　名流詩叢45

世紀悲歌
The Elegies of a Century

作　　　者/多喜百合子（Taki Yuriko）
譯　　　者/李魁賢（Lee Kuei-shien）
責任編輯/楊岱晴
圖文排版/陳彥妏
封面設計/王嵩賀

發 行 人/宋政坤
法律顧問/毛國樑　律師
出版發行/秀威資訊科技股份有限公司
　　　　　114台北市內湖區瑞光路76巷65號1樓
　　　　　電話：+886-2-2796-3638　傳真：+886-2-2796-1377
　　　　　http://www.showwe.com.tw
劃撥帳號/19563868　戶名：秀威資訊科技股份有限公司
　　　　　讀者服務信箱：service@showwe.com.tw
展售門市/國家書店（松江門市）
　　　　　104台北市中山區松江路209號1樓
　　　　　電話：+886-2-2518-0207　傳真：+886-2-2518-0778
網路訂購/秀威網路書店：https://store.showwe.tw
　　　　　國家網路書店：https://www.govbooks.com.tw

2022年2月　BOD一版
定價：250元
版權所有　翻印必究
本書如有缺頁、破損或裝訂錯誤，請寄回更換

讀者回函卡

國家圖書館出版品預行編目

世紀悲歌 = The Elegies of a Century/多喜百
合子著；李魁賢譯. -- 一版. -- 臺北市：秀威
資訊科技股份有限公司, 2022.02
　　面；　公分
BOD版
ISBN 978-626-7088-27-2(平裝)

861.53　　　　　　　　　　　110021706